Parle-moi d'amour

DU MÊME AUTEUR

Meuse l'oubli, *roman, Balland, 1999 ; nouvelle édition Stock, 2006*
Quelques-uns des cent regrets, *roman, Balland, 2000 ; nouvelle édition Stock, 2007*
J'abandonne, *roman, Balland, 2000 ; nouvelle édition Stock, 2006*
Le Bruit des trousseaux, *récit, Stock, 2002*
Nos si proches orients, *récit, National Geographic, 2002*
Carnets cubains, *chronique, librairies initiales, 2002 (hors commerce)*
Les Petites Mécaniques, *nouvelles, Mercure de France, 2003*
Les Âmes grises, *roman, Stock, 2003*
Trois petites histoires de jouets, *nouvelles, éditions Virgile, 2004*
La Petite Fille de Monsieur Linh, *roman, Stock, 2005*
Le Rapport de Brodeck, *roman, Stock, 2007*

Ouvrages illustrés

Le Café de l'Excelsior, *roman, avec des photographies de Jean-Michel Marchetti, La Dragonne, 1999*
Barrio Flores, *chronique, avec des photographies de Jean-Michel Marchetti, La Dragonne, 2000*
Au revoir Monsieur Friant, *roman, éditions Phileas Fogg, 2001 ; éditions Nicolas Chaudun, 2006*
Pour Richard Bato, *récit, collection « Visible-Invisible », Æncrages & Co, 2001*
La Mort dans le paysage, *nouvelle, avec une composition originale de Nicolas Matula, Æncrages & Co, 2002*
Mirhaela, *nouvelle, avec des photographies de Richard Bato, Æncrages & Co, 2002*
Trois nuits au Palais Farnese, *récit, éditions Nicolas Chaudun, 2005*
Fictions intimes, *nouvelles sur des photographies de Laure Vasconi, Filigrane Éditions, 2006*
Ombellifères, *nouvelle, Circa 1924, 2006*
Le Monde sans les enfants et autres histoires, *illustrations du peintre Pierre Koppe, Stock, 2006*
Quartier, *chronique, avec des photographies de Richard Bato, La Dragonne, 2007*
Petite fabrique des rêves et des réalités, *avec des photographies de Karine Arlot, Stock, 2008*
Chronique monégasque, *récit, collection « Folio Senso », Gallimard, 2008*

Philippe Claudel

Parle-moi d'amour

pièce en un acte

Stock

ISBN 978-2-234-06125-5

© Éditions Stock, 2008.

Personnages

Un homme
Une femme

Tous les deux ont dépassé la cinquantaine.

Parle-moi d'amour a été créé en octobre 2008 à la Comédie des Champs-Élysées. Le personnage de la femme était interprété par Caroline Silhol. Celui de l'homme par Michel Leeb. La mise en scène était de Michel Fagadau.

Un intérieur bourgeois très design. Soudain la porte s'ouvre, un homme très en colère entre violemment, suivi d'une femme. Tout en parlant, il se débarrasse de son imperméable comme s'il l'étouffait, le jette sur le canapé, desserre son nœud de cravate, lance ses clés de voiture dans un vide-poches.

HOMME

Et ce con de Skisistorn ! Mais qu'il est con ! Qu'il est con ! Je ne le supporte plus ! Avec son nom à coucher dehors et ses grands airs de type à qui on ne la fait pas ! Ses manières copiées sur je ne sais qui alors qu'il vient d'un milieu de merde, son père était paysan ou quelque chose comme cela, il a été élevé derrière le cul des bœufs, dans le fumier, le lait caillé et les relents de fromage, et aujourd'hui on a l'impression qu'il a grandi avec une cuillère en argent dans la bouche ! Non mais je rêve ! Il vouvoie sa femme, il fait le baisemain à n'importe qui, je parie qu'il te l'a fait à toi aussi, il est toujours d'accord avec Dupuis : « Bien sûr monsieur Dupuis ! » « Évidemment monsieur Dupuis ! » « Excellente idée monsieur Dupuis ! » « Gnagnagna et gnagnagna monsieur Dupuis ! », et tout le monde l'écoute comme s'il récitait des paroles d'évangile ! Je t'ai même vue toi, lui sourire, un sourire appuyé, un sourire qui a duré un temps infini alors qu'il débitait des inepties sur la crise des *subprimes* et la politique américaine des taux d'intérêt et le pire c'est que tu avais l'air passionné, bordel !!

FEMME

Mais je n'écoutais même pas ! Qui me force à aller dans ces dîners débiles où vous êtes tous à trembler devant votre chef de service ?! Kisterone n'est pas le pire !

HOMME

Skisistorn !

FEMME

Vous êtes tous comme lui, tu ne t'en rends même pas compte !

HOMME

Tu es folle ! Tu ne vas tout de même pas me mettre dans le même panier que ces larves !

FEMME

Lorsque Dupuis a fait tomber son briquet, qui est allé le lui chercher à quatre pattes sous la table, qui ?

HOMME

Tu as très bien entendu qu'il avait une sciatique, je ne pouvais pas le laisser se pencher tout de même, c'est humain tout simplement !

FEMME

Humain ? Toi ?! Tu te moques de moi, tu laisserais crever père et mère si cela pouvait te faire obtenir le poste à Washington ! Tu les assassinerais à petit feu même ! Lorsque tu étais sous la table, chacun a commencé à glousser, il y avait des petits sourires en coin sur toutes les lèvres, des regards entendus, des soupirs et toi qui étais à quatre pattes. « Je le vois monsieur Dupuis... Je le vois... Ça y est monsieur Dupuis, je m'en approche, je le touche, je l'ai, je l'ai monsieur Dupuis ! Je vous le rapporte immédiatement ! Je le rapporte ! Je rapporte ! » Mon pauvre, tu étais ridicule ! Tu peux bien te moquer de ton collègue !

HOMME

Vas-y, défends-le, ne te gêne pas ! Si tu crois que je n'ai pas vu ton manège avec lui !

FEMME

Quel manège ?

HOMME

Qu'est-ce qu'il te disait au moment du cocktail, qu'est-ce qu'il te disait ?

FEMME

Tu es fou !

HOMME

Tu es restée dix minutes avec lui, près de la cheminée, j'ai compté, dix minutes ! Ça devenait gênant, parfois vous me regardiez tous les deux et vous aviez un petit rire complice, il t'a même effleuré le bras à un moment, qu'est-ce qu'il te disait ce connard ?

FEMME

Tu m'ennuies ! Je ne sais même plus de quoi on parlait, ou plutôt c'est lui qui parlait, moi je faisais semblant de l'écouter, poliment, un point c'est tout ! N'oublie pas que c'est pour toi que je vais dans ces dîners, tu le sais bien, pour ta carrière, ton avancement ! Continue comme cela et les prochaines fois tu iras seul !

HOMME

Il te draguait ?!

FEMME

Quoi ?!

HOMME

Il te draguait ! C'est évident ! Et toi tu te laissais faire, tu en rajoutais même, tu te laissais toucher par ce type qui... qui... Ah c'est sûr, quand tu vois sa femme, on peut comprendre, quel thon ! Non mais quel thon ! Elle est épouvantable ! Même emballée dans un tailleur Christian Lacroix, elle ressemble toujours à un gigot mal ficelé ! En plus avec une tête de lapin, et des dents ! Des dents ! Putain quelles dents ! (*Il mime le lapin.*) Et une haleine de bouc, lorsqu'elle me parle, je suis obligé de me mettre en apnée, il devrait y avoir des lois contre cela ! Si jamais ce fumier obtient le poste à Washington à ma place, j'imagine le nombre de contrats qu'il perdra rien qu'à cause de l'haleine de sa femme ! Sans compter sa nullité à lui ! Un type qui n'a même pas fait l'ENA, qui sort d'une obscure école créée sans doute pour lui seul ! Je ne sais pas comment tu peux avoir envie de coucher avec ce type ! C'est dégueulasse !

FEMME

J'en ai par-dessus la tête ! Déjà dans la voiture, tu n'as pas cessé de hurler ! Je voyais tes veines se gonfler, tu étais rouge comme un poivron ! Tu devrais te surveiller, mon pauvre vieux, un jour tu vas exploser en plein vol ! Tu n'es plus tout jeune !

HOMME

C'est parce que Skisistorn a cinq ans de moins que moi que tu me dis ça ?

FEMME

Mais je me fous de ton Frikiston !

HOMME

Skisistorn ! Son côté « je fais du sport tous les jours », ça, ça vous plaît bien, à vous les femmes, oui, ça vous plaît bien, l'aspect primate musculeux, pas un poil de graisse, le genre fauve ou grand singe avec les couilles remplies d'hormone et le crâne aussi vide qu'une caverne !

FEMME

Arrête... Tu me fatigues !

HOMME

Au café, vous l'entouriez toutes comme s'il s'était agi d'un mâle dominant, il ne vous manquait plus que les peaux de bête, on avait l'impression que vous quémandiez une saillie !

FEMME

Arrête, je te dis !

HOMME

Et la mère Dupuis, la bouche ouverte devant ce nigaud, qui buvait ce qu'il disait, qui l'appelait « Daniel, mon cher Daniel » ! Jamais elle ne m'a appelé Alain. Jamais ! Et ça fait pourtant vingt-cinq ans que je connais son mari ! Jamais une seule fois elle ne m'a appelé par mon prénom ! Je suis certain que Skisistorn se la tape ! J'en suis certain ! Un type comme ça ne doit reculer devant rien pour arriver à ses fins ! Sauter la femme du patron, même si elle a soixante-trois ans, ça fait partie du plan de carrière ! Mais toi, toi, que tu puisses te...

FEMME

J'en ai marre ! Je vais me coucher !

Elle se dirige vers la porte de la chambre. Son mari se précipite pour lui en barrer l'accès.

HOMME

Ah non ! C'est trop facile de fuir ! Tu refuses de répondre aux questions gênantes ! C'est presque un aveu !

FEMME

Oui. J'avoue !

HOMME

Ah ?! Quoi ? C'est pas vrai !

FEMME

J'avoue que cela fait bientôt trente ans que tu m'emmerdes ! Tu m'emmerdes !

HOMME

Quoi ? Moi ?

FEMME

Oui ! Toi ! Toi ! Toi ! Ton satané boulot ! Tes postes ! Ton avancement ! Ton Dupuis ! Tes dîners ! Tes crises ! Ta jalousie ! Je vais te dire une chose : continue comme cela, continue mon vieux, et je peux te jurer, que cela me plaise ou non, qu'effectivement, je vais me le taper ton Chipistron !

HOMME

Skisistorn. Daniel Skisistorn.

FEMME

Mais je me fous de son nom ! Je coucherais avec lui rien que pour te donner raison, et que tu aies enfin quelque chose à me reprocher !

HOMME

Jamais tu ne feras ça !

FEMME

Sur la tête de nos enfants je le ferai !

HOMME

Laisse les enfants en dehors de ça, tu veux ! Tu es odieuse ! Tu oserais me tromper avec ce larbin tanné aux UV ?

FEMME

Sans remords, et, en plus, j'y prendrai peut-être du plaisir ! Parce que c'est vrai que ton collègue est plutôt pas mal ! Il fait attention à lui, lui ! Il pense aussi aux autres, lui ! Il ne se néglige pas ! S'entretenir, c'est une forme de politesse, et cette politesse-là, tu ne l'as pas ! Tu t'en moques des autres, à commencer par moi !

HOMME

Ah oui, parce que soulever des kilos de fonte tous les matins et courir sur un tapis roulant dans une salle saturée d'odeurs de pieds et de sueur, face à un poster de lac canadien sous la neige, tu appelles ça une forme de politesse, toi ?!

FEMME

Facile à dire quand on est devenu une loque !

HOMME

De qui parles-tu ?

FEMME

Mais de toi ! De toi ! De toi ! Regarde-toi, non mais regarde-toi ! Tu n'arrêtes pas de juger les autres, de te moquer de leur physique, tu as juste un peu plus de cinquante ans et tu en parais dix de plus !

HOMME
Il fait le geste de montrer sa silhouette.

Mais achète des lunettes !

FEMME

Oui c'est sûr, habillé tu parviens encore à faire illusion ! Mais moi je te vois à poil matin et soir, mon vieux ! La vérité de l'aube et celle du crépuscule ! Aucune tricherie possible ! Bonjour le ventre mou, la fesse qui tombe et la graisse partout autour des hanches !

HOMME

Tu as toujours adoré mes poignées d'amour !

FEMME

Poignées d'amour... ?! Le problème maintenant, c'est que tu as les tiroirs qui vont avec ! Tu vas bientôt ressembler à une commode Louis XV !

HOMME

Non mais je rêve !

FEMME

Tu crois vraiment qu'on a besoin à Washington d'un type qui est au bord de l'infarctus dès qu'il monte deux étages à pied !

HOMME

Je me suis mis au jogging et...

FEMME

Tu as acheté un short et des baskets le lendemain de l'élection de Sarkozy, tu es allé courir une fois au Bois et quand tu es revenu j'ai failli appeler les urgences ! J'ai cru que tu allais claquer sur le palier ! Mais viens devant une glace, mon pauvre vieux ! Viens ! Allez viens ! Qu'est-ce que tu vas voir ? Un souvenir, le souvenir usé d'un homme qui n'existe plus et qui est juste bon à rechercher à quatre pattes dans un dîner le briquet en or que son patron a laissé tomber ! Tu me fais honte !

HOMME

Salope !

FEMME

Quoi ?

HOMME

Je te dis que tu es une salope, une vraie salope qui porte des coups bas, qui tape en dessous de la ceinture ! D'ailleurs tu ne penses même pas ce que tu dis ! Tu as l'air plutôt heureuse quand nous faisons l'amour !

FEMME

Des années d'entraînement, oui !

HOMME

Entraînement à quoi ?

FEMME

Comme dans l'aéronautique, à la simulation imbécile ! Même notre première fois tu l'as sabotée, c'était déjà mal parti et tu ne t'es jamais rattrapé !

HOMME

Quoi ? Mais c'était merveilleux !

FEMME

Merveilleux pour qui ? Tu te moquais des parents paysans de ton Riskistron mais...

HOMME

Skisistorn. Daniel Skisistorn !

FEMME

Fiche-moi la paix ! Tu crois que tes parents valaient mieux ! Ton père avec sa fabrique de boulons, c'était Versailles peut-être ? Et cette fameuse première fois, tu crois que c'était agréable pour moi de faire l'amour dans un entrepôt familial qui puait la graisse pour moteur, et avec un puceau en plus !

HOMME

Puceau ? Moi ! Mais j'avais connu des dizaines de filles avant toi !

FEMME

Tu n'en avais pas retenu grand-chose alors !

HOMME

Tu souilles les plus beaux souvenirs !

FEMME

Souiller les plus beaux souvenirs ? Ne parle pas de ce que tu ne connais pas ! De quoi te souviens-tu, toi ? Tu n'es pas capable de te rappeler la date de notre anniversaire de mariage ! Ni même ceux de tes enfants ! Et d'ailleurs je ne suis pas certaine que tu saches encore ta date de naissance ! Tu as une pierre à la place du cœur ! Le bonheur des autres ne t'intéresse pas. Les autres ne t'intéressent pas ! Il n'y a que toi, toi, toi ! Ta carrière ! Tu ne fais même pas attention à moi. Je pourrais changer de tête, tu ne t'en apercevrais même pas ! Il y a six mois, lorsque je me suis coupé les cheveux, tu n'as rien vu. Je t'ai demandé si tu avais remarqué quelque chose, tu m'as regardée et tu m'as dit : « Pas mal, cette nouvelle robe ! » Tu persistes à appeler Maria la femme de ménage, alors que Maria nous a quittés il y a exactement dix ans, et que depuis il y a eu Dolorès, Malika, Soutoubia, Lucena et maintenant Kaïkeh ! Tu connais tous les cours des bourses du monde entier mais tu ne sais même pas le nom de ton chat !

HOMME

Mistigri !

FEMME

Mistigri est mort dans des souffrances atroces, foudroyé par un cancer du foie il y a trois ans ! Le nouveau c'est Pénélope !

HOMME

Mais je me fous de ton chat ! J'ai toujours eu horreur des chats ! Avec leur air vicieux, à vous espionner continuellement, leurs yeux qui vous jugent ! Leurs manières sournoises ! Moi, j'aime les chiens. Les chiens, tu comprends ! Les chiens c'est beau, c'est fort, c'est franc, c'est carré ! C'est pas des lopettes siamoises ou angoras, des espèces de moquettes ambulantes complètement efféminées, avec des manières de faux culs. D'ailleurs dès demain, j'en achète un !

FEMME

Moi vivante, il n'y aura jamais un chien dans cet appartement !

HOMME

Et pourquoi ?! Pourquoi je ne pourrais pas avoir de chien ?

FEMME

J'ai déjà assez d'avoir un porc à la maison.

HOMME

C'est moi le porc ? C'est moi ?!

FEMME

Perspicace quand tu veux !

HOMME

J'aurai un chien !

FEMME

Alors tu n'auras plus de femme !

HOMME

Tant mieux !

FEMME

Tu demanderas à ton chien de s'occuper de ton linge et de la tenue de la maison !

HOMME

Je peux très bien m'en sortir moi-même !

FEMME

Tu n'as pas essayé une seule fois ! Tu ne fous absolument rien !

HOMME

Je te signale que je conduis la voiture ! Pour le reste, tu ne m'as jamais laissé essayer ! Je n'ai même pas le droit d'approcher la machine à laver, d'essuyer la vaisselle, de saisir un balai, de…

FEMME

Qu'à cela ne tienne ! Dorénavant, Médor et toi pourrez faire tourner des machines !

HOMME

Médor ! Tu me prends pour un con ? Tu crois que j'appellerai mon chien Médor comme tous les beaufs ? Quand je pense que tu as appelé ton chat Ulysse, c'est génial peut-être ?

FEMME

Pénélope !

HOMME

Pénélope, Ulysse, c'est la même famille !

FEMME

Je sais pourquoi tu veux un chien !

HOMME

Parce que j'ai cinquante-deux ans et que j'en ai envie !

FEMME

Pas du tout ! C'est parce que Dupuis a un chien que tu en veux un aussi ! C'est parce que Dupuis adore les chiens !

HOMME

N'importe quoi !

FEMME

Menteur ! Tu fais tout pour flatter ton patron. Tes goûts, ce sont les siens, tu es incapable d'avoir une idée personnelle, une opinion, un désir ! Dupuis aime les vins de Bourgogne ? Il faut que chaque année on se tape une semaine entre Beaune et Mâcon, à aller de cave en cave et à discuter avec des vignerons dégénérés qui macèrent dans l'alcool depuis l'enfance ! Dupuis aime les havanes ? Tu t'inscris dans un club de havanes ! Dupuis aime la littérature russe ? Tu peines depuis deux ans à finir *Crime et Châtiment* ! Dupuis vote à droite aux présidentielles ? Tu votes à droite aux présidentielles ! Si Dupuis se faisait amputer d'une couille, tu te ferais amputer d'une couille aussitôt !

HOMME

Ah, c'est élégant ! Très élégant ! Non mais je rêve ! Je rêve ! Tu t'entends ? Tu t'entends parler ? J'ai épousé une concierge ou quoi ?

FEMME

Ça te gêne que je dise « couille » ? C'est cela qui te gêne ? Mais pourquoi tu aurais le privilège de la vulgarité ? Pourquoi serait-elle réservée aux hommes, à leurs virées arrosées, à leurs soirées entre copains ? Tu t'entends lorsque vous regardez vos matchs de foot à la télé avec Régis et Benoît ? L'arbitre est toujours un pédé, les types de l'autre équipe sont des emmanchés, des lopes, des fiottes, des gouines, des tapettes, des sous-merdes, des culs-de-jatte !

HOMME

Tu n'y connais rien ! Ça fait partie du jeu ! Ça motive !

FEMME

Eh bien moi, si j'ai envie de dire « couille », je dis « couille », comme je peux dire « bordel à cul » si je veux, ou encore « putain », « grosse bite », « connard », ou même « enculé ». Ça me motive ! Oui, « enculé » ! Le hurler même si je le veux, « ENCULÉ, ENCULÉ, ENCULÉ » !!!!

HOMME

Mais arrête, les Jauffrin vont t'entendre !

FEMME

Mais je me fous des Jauffrin ! Je m'en contre-tamponne des Jauffrin ! En quoi l'avis des

Jauffrin m'intéresse et m'importe. Je les encule les Jauffrin ! Tu entends, JE LES ENCULE ! J'ENCULE LES JAUFFRIN !!!

HOMME

Quand tu auras fini ta crise d'hystérie sodomite, tu me feras signe ! J'aimerais que les enfants soient là pour t'entendre. Le portrait parfait de la mère modèle en prendrait un sérieux coup !

FEMME

Les enfants ! Comme si tu les connaissais ! Tu t'en es préoccupé de tes enfants ?

HOMME

J'ai toujours eu leurs photos sur mon bureau !

FEMME

Et c'est en les regardant en photo que tu les as élevés peut-être ? C'est toi qui les as torchés ? Tu t'es réveillé la nuit lorsqu'ils étaient malades ? Tu les as consolés quand ils pleuraient ? Tu les as emmenés au zoo, au cirque, au jardin d'enfants, au Luxembourg pousser des bateaux, faire du poney ?

HOMME

Chaque année je faisais le père Noël !

FEMME

Tu l'as fait deux fois ! Et en plus tellement mal qu'ils t'ont reconnu tout de suite ! Et les anniversaires ? Tu étais là pour les anniversaires avec les copines et copains qui dévastaient systématiquement l'appartement, se gavaient de bonbons et vomissaient ensuite leurs chamallows dans tous les coins ? C'est toi qui t'es fait engueuler par les instituteurs, les professeurs, les principaux, les proviseurs ?

HOMME

Je ne discute pas avec des gauchistes !

FEMME

Et qui s'est pris leur crise d'ados en pleine figure ? Qui les a sauvés de la dépression après leur premier chagrin d'amour ? Qui est allé les rechercher au commissariat après leur premier joint ? Fais le bilan, toi qui aimes tant ça : demande-toi ce que tu as fait pour tes enfants à part les créer en partie, et encore tu n'as même pas fait exprès. Et aujourd'hui, tu es même prêt à mettre un océan entre eux et toi alors qu'ils sont à peine adultes, qu'ils sont encore perdus, fragiles, qu'ils ont besoin de nous !

HOMME

Mais qui les a rendus immatures à ce point et si dépendants sinon toi ? Tu crois normal qu'une fille de vingt-trois ans et un garçon de vingt-cinq ne fassent rien sans demander l'avis de leur mère ? Qu'ils soient ici quasiment tous les soirs alors que chacun a un studio ? Tu as produit des chiffes molles, voilà la vérité ! Tu crois que les enfants de Dupuis... que les enfants des autres leur ressemblent ! J'ai sous ma responsabilité des jeunes gens de leur âge à qui je confie des affaires importantes et qui les mènent à bien, au lieu de cela ton fils passe ses journées à se faire percer et tatouer différentes parties du corps et à gratouiller sa guitare avec d'autres pouilleux sur des places publiques et ta fille navigue de fac en fac sans dépasser le stade de la première année, quand elle ne passe pas des heures à tripoter sa Game Boy !

FEMME

Thomas est un artiste ! Évidemment, tout ce qu'il fait est très éloigné de ta sphère d'intérêt ! Il s'en fout, lui, du grand capital, de ton boursicotage, de tes placements, du CAC 40, du Nikkei, du Nasdaq !

HOMME

C'est quand même le grand capital qui lui paie son appartement, ses fringues et ses vacances, et qui lui donne de l'argent de poche, non ?!

FEMME

Un jour il t'étonnera !

HOMME

Mais ça fait vingt-cinq ans qu'il m'étonne, et d'année en année mon étonnement ne cesse de grandir ! Quand il a voulu faire les Beaux-Arts, il a fallu que j'aille m'extasier devant son exposition de fin d'année, et surtout devant sa création à lui, un réfrigérateur dans lequel il avait laissé pourrir de la viande de bœuf pendant trois semaines !

FEMME

C'était une œuvre grandiose !

HOMME

C'était immonde, oui ! Et quand il s'est mis dans la tête que le seul art véritable, c'était la plomberie, je suis bien allé le voir quatre fois sur des chantiers où il bouffait des sardines grillées avec ses collègues portugais pétés dès huit heures du matin ! Quand j'en revenais, j'avais mon costume qui empestait la mer et le feu de bois !

FEMME

Il avait besoin de se frotter au réel !

HOMME

Le réel, mon cul ! Quand son patron l'a foutu dehors et a voulu lui intenter un procès, il a fallu que j'aille parlementer, avec une enveloppe en plus, si tu vois ce que je veux dire ! Monsieur avait bousillé les sols et les plafonds de quatre appartements tout neufs ! Il refusait de poser des siphons ! Il trouvait ça inesthétique !

FEMME

Je te mets au défi de trouver un seul siphon esthétique ! Un seul !

HOMME

Mais le problème n'est pas là ! On ne demande pas à un plombier d'avoir des idées, bordel ! Ensuite il y a eu le théâtre, six mois ça a duré, des cours qui coûtaient la peau des fesses, il a laissé tomber, je ne sais pas pourquoi.

FEMME

Tu ne crois tout de même pas qu'avec son talent il pouvait se satisfaire des rôles secondaires dans lesquels on le cantonnait !

HOMME

Son talent ? Quel talent ? Même en récitation il était nul quand il était petit ! Il n'a jamais pu apprendre « Le loup et l'agneau » en entier ! Et l'école d'architecture ? Et celle de cinéma ? Et l'académie de mode ? Ce défilé à la con qu'il avait conçu où tous les modèles étaient à poil ?! Il fait une école de mode et crée un défilé avec des modèles à poil !

FEMME

Tu n'es qu'une brute ! Son projet s'appelait *Just a skin* ! « Juste une peau » ! La peau, la peau ! Tu comprends ? Le vêtement premier et le vêtement ultime ! C'était un projet d'une audace incroyable, révolutionnaire ! Mais ça, ça te dépasse !

HOMME

Ça dépassait apparemment aussi le directeur puisqu'il s'est fait virer juste après !

FEMME

Un con !

HOMME

À t'entendre le monde en est plein !

FEMME

Oui et, avec toi, ça fait un de plus !

HOMME

Ben voyons ! Et ta fille ! Regarde ta fille ! Le cerveau pompé par les jeux vidéo ! Il doit lui rester trois neurones et encore, je suis généreux ! Elle collectionne les premières années ! Première année de médecine, première année de droit, première année de lettres, première année d'économie, et maintenant première année d'histoire ! Si elle continue comme ça, elle pourra faire un doctorat de premières années !

FEMME

Est-ce que c'est la faute de Sophie si le système universitaire est inepte ? C'est une cérébrale et on formate des exécutants, comme toi, à qui on n'apprend pas à penser mais à obéir ! Elle n'est pas de ton monde !

HOMME

Ni moi du sien ! Merci et tant mieux ! Vous êtes des rêveurs, des êtres qui n'ont aucun sens des réalités ! Tes enfants te ressemblent comme deux gouttes d'eau !

FEMME

Heureusement pour eux !

HOMME

Rigole, rigole ! Souviens-toi que lorsque je t'ai rencontrée, tu pensais vivre en fabriquant des poufs en macramé et en les vendant à des paysans corréziens ! Des poufs en macramé ! J'en rigole encore ! Tu portais des anneaux de cuivre à chaque cheville pour mieux capter les ondes cosmiques en provenance de Vega de la Lyre, tu pratiquais des ablutions dans chaque rivière et tu ne te nourrissais que de fromage de chèvre !

FEMME

Et alors ?! J'aurais mieux fait de continuer !

HOMME

Mais tu serais quoi à cette heure ? Tu serais où ? Qu'est-ce que tu crois qu'est devenue ta bande d'illuminés ? Ce grand con, là, ton maître à penser, comment se faisait-il appeler déjà...

FEMME

Siddharta Vishnu.

HOMME

Ouais ! Ah, il ne manquait pas d'air, lui, prendre un surnom pareil. Remarque c'est vrai que le sien de nom, Gérard Boulier, ça faisait nettement moins gourou !

FEMME

Il irradiait...

HOMME

C'est lui qui doit être irradié à cette heure ! Lorsque je fais des inspections en province, j'en vois des dizaines comme lui, des employés subalternes à la vie grise, divorcés, apathiques, détruits par le pastis et le gros rouge autant que par ce qu'ils ont fumé, revanchards, aigris, qui votent Front national ou Lutte ouvrière ce qui revient au même ! Il ne leur reste rien, même pas leurs cheveux, même plus leurs dents, rien ! Ah tu serais surprise !

FEMME

Gérard en était à sa dernière réincarnation. Il était proche de la Grande Lumière !

HOMME

Elle a dû le carboniser ta Grande Lumière ! Et toi, toi, tu imagines ce que tu serais devenue ? Sans doute serpillière dans une secte à la noix, le cerveau lavé à l'eau de Javel, tu aurais servi d'esclave sexuelle pendant des années au Grand

Maître et à tous les autres, mais là, avec l'âge, plus personne ne voudrait s'accoupler avec toi, il ne te resterait que les processions en ville que tu ferais vêtue de loques en agitant un tambourin et en chantant des psaumes à la con ! Voilà ce qui t'attendait ma vieille si un jour je n'avais pas crevé un pneu sur une départementale !

FEMME

Non mais écoutez cette suffisance ! Moi au moins je vivais avec mon époque ! J'étais en phase avec mon temps ! Je n'avais pas trente ans de retard comme toi ! Tu ressemblais à un curé des années quarante avec ta coupe au bol et tes culs de bouteille sur les yeux ! Et tes vêtements ! J'en rigole encore ! Un pantalon en jersey élastique marron qui t'arrivait aux chevilles, une chemise bleue boutonnée jusqu'en haut, un débardeur de laine orange tricoté par ta mère et des chaussures qu'on aurait dit orthopédiques ! Sans parler des sous-vêtements !

HOMME

Tais-toi !

FEMME

Ton slip était tellement vintage qu'on...

HOMME

Tais-toi !

FEMME

... ne pouvait même pas savoir sa couleur et...

HOMME

Tais-toi !!!

FEMME

... les élastiques étaient...

HOMME

Aaaaahhhhhhhhh !!!!!

Il vient de lancer contre un mur le vase qu'il avait saisi depuis quelques instants. Le vase éclate en mille morceaux.

HOMME

Je t'avais prévenue !

FEMME

Mais il est fou ! Il est devenu fou ! Tu as vu ce que tu as fait ! Tu as vu ce que tu viens de casser ?

HOMME

Un vase !

FEMME

Non ! Pas *un* vase ! Mon vase ! Le vase que ma mère m'a offert l'an passé, et qu'elle tenait elle-même de sa mère ! Le symbole d'une histoire familiale, mon histoire !

HOMME

Mais c'était une vraie merde ! Ça valait trois francs six sous ! Tu penses bien que ta mère, radine comme elle est, ça lui aurait arraché les tripes de te filer un objet de valeur !

FEMME

Je vais te tuer ! Et puis laisse ma mère en dehors de tout ça, tu veux ! De toute façon, elle me l'avait bien dit qu'en t'épousant je faisais la plus grosse connerie de ma vie, elle s'est simplement un peu trompée sur les dimensions, elle n'était pas grosse la connerie, elle était énorme ! Énorme !

HOMME

Ta mère ! Ta mère ! Ta mère ! Elle m'a toujours détesté ! Quand elle faisait encore des repas de famille, elle me servait en dernier, me donnait toujours les pires morceaux, l'air de dire : « Tiens mon garçon, casse-toi les dents sur ça, c'est du lapin mais tu vas en chier comme si c'était de la carne ! », et à côté de ça, elle traitait le mari de ta sœur comme un seigneur, ce gros bœuf de VRP nourri au « Menu étape » de tous les Campanile de France, qui, en deux coups de cuillère à pot entre le dessert et le café, réglait le conflit israélo-palestinien, enrayait la pandémie du sida, et faisait obtenir huit médailles d'or à la France aux jeux Olympiques !

FEMME

Il a du cœur lui !

HOMME

Ouais ! En général, c'est ce qu'on dit des gens qui sont cons comme des manches ! Le gendre préféré de ta mère ! TA MÈRE !!! Aaaaaaaaaaarghhh ! Je ne sais pas comment ton père a pu la supporter aussi longtemps !

FEMME

Mon père est mort. On ne touche pas aux morts !

HOMME

Il en est mort justement ! Elle l'a tué comme tu finiras par me tuer aussi ! Des meurtres sans punition ! Des putains de meurtres à petit feu ! On devrait vous pendre pour ça ! Vous pendre ! Vous électrocuter ! Vous napalmiser ! SALOPES ! Bande de salopes ! Ah non, repose ça immédiatement ! Je t'interdis ! Repose ce...

La femme lance contre le sol l'objet qu'elle avait saisi quelques instants plus tôt, une sorte de bouclier en cristal qui se brise en faisant un bruit de tous les diables.

HOMME

Mon trophée !

FEMME

Putain que c'est bon...

HOMME

Mon trophée ! Elle a bousillé mon trophée du *Winner of the Year Ninety Four* !

FEMME

Oh que ça fait du bien !

HOMME

La salope, l'odieuse salope !

FEMME

Petit fonctionnaire !

HOMME

Femme au foyer !

FEMME

Bande mou !

HOMME

Frigide !

FEMME

Ordure !

HOMME

Radasse !

FEMME

Minable !

HOMME

Pétasse !

FEMME

Loser !

HOMME

Loser ? Moi ? Un loser ? Ah j'adore ! Ça j'adore ! Tout mais pas ça ! Mais tu dérailles complètement ! Complètement ! Je gagne 20 000 euros par mois, j'ai pour un million de placements boursiers, je roule en Jaguar XJS 4 litres 2, j'ai un appartement à la montagne, un 4×4 japonais, une maison sur l'île de Ré, ce duplex en plein VIIe arrondissement, une situation professionnelle qui fait crever de jalousie tous nos voisins, je connais personnellement trois ministres, je tutoie quatre secrétaires d'État, l'an dernier le président nous a invités à la garden-party du 14 Juillet, en rajoutant de sa main un petit mot, de sa main, et en signant « Nicolas », simplement « Nicolas » ! Je suis passé par l'école la plus prestigieuse de France, j'en suis sorti...

FEMME

Quarante-huitième !

HOMME

Oui, quarante-huitième putain ! Et alors ?! Et alors ?! ET ALORS ?! L'ENA, même quarante-huitième, ça reste l'ENA, bordel de merde ! Tu en connais beaucoup, toi, des types qui ont réussi l'ENA ? Tu en connais beaucoup ?

FEMME

Mais je ne connais que cela ! Tous ceux que tu me ramènes depuis trente ans ont fait l'ENA ! Tu parles d'une denrée rare ! Vous venez tous de la même niche et aucun n'est jamais parvenu à casser sa laisse ! Vous vivez ensemble collés les uns aux autres comme les poils d'un même balai de chiotte ! Vous vous ressemblez tous ! Même quand vous étiez jeunes vous étiez déjà vieux ! Vous savez tout sur tout sans jamais sortir de vos bureaux ! Vous avez le même air hautain qui vous fait regarder les gens comme s'ils étaient des merdes et vous des créatures supérieures. Même dans votre façon de serrer les mains, on voit que vous avez peur de vous salir ! Vous donnez des leçons sans jamais vouloir en recevoir ! Vous êtes interchangeables, vous êtes gris, vous êtes ternes, vous êtes moches ! On dirait que vous vous êtes reproduits entre vous, les signes de votre dégénérescence sautent aux yeux ! Au moins ton Pakistrone il a une autre tête, lui, et autrement bien remplie !

HOMME

Ne me parle plus jamais de ce connard de Skisistorn ! Plus jamais !

FEMME

Je peux te parler de Desbocq si tu préfères !

HOMME

Desbocq ? Qu'est-ce qu'elle vient foutre ici ? Desbocq n'a jamais fait l'ENA ?

FEMME

Non mais elle a dû sortir major de l'ESB !

HOMME

L'ESB ?

FEMME

L'École supérieure de baise !

HOMME

L'École supérieure de baise... ?! Qu'est-ce qui te... ! Desbocq est une collaboratrice exemplaire, serviable, extrêmement compétente ! Une vraie professionnelle qui paie de sa personne, ne pense qu'au travail, ne compte pas ses heures, taillable et corvéable à merci ! Ses rapports sont des modèles du genre, elle maîtrise trois langues à la perfection...

FEMME

À mon avis elle en maîtrise beaucoup plus ! Une experte en langues, et en queues aussi ! Elle porte ça sur son visage ! Quand elle regarde un homme c'est comme si elle le déshabillait ! Lorsqu'elle te donne des « monsieur Maxence », on a l'impression qu'elle s'apprête à jouir ! Elle tourne du cul comme une roulure, elle s'habille comme une poule, elle a des faux seins, des goûts de pute, ce n'est pas une femme, c'est une vulve sur pattes, mais c'est bien ça qui te plaît, n'est-ce pas ? C'est bien ce que tu cherches, non ? Ce que vous cherchez tous !

HOMME

Mais tu délires complètement ! Tu perds les pédales ! Consulte, ma vieille ! Consulte !

FEMME

Tais-toi ! Que tu te tapes cette guenon en string, ça me donne déjà envie de vomir mais, en plus, que tu me prennes pour une conne ou une malade, je ne le supporterai pas !

HOMME

Tu...

FEMME

JE NE LE SUPPORTERAI PAS !!!!

HOMME

Je n'ai jamais...

FEMME

Arrête !! Tu veux que je te rafraîchisse la mémoire ?! Le séminaire de Casa, il y a deux mois, tu t'en souviens ?

HOMME

Oui...

FEMME

« Harassant, fatigant, inintéressant » ! Ce sont tes propres termes...

HOMME

Oui...

FEMME

« Trois jours entiers avec tous tes collègues, voir leur tronche et les subir ! », ce sont encore tes propres termes !

HOMME

Oui...

FEMME

Tu te souviens ?!

HOMME

Je m'en souviens ! Bien sûr que je m'en souviens ! Où est-ce que tu veux en venir ?

FEMME

Alors dis-moi en me regardant droit dans les yeux : c'est comment Casa ?

HOMME

Qu'est-ce que tu cherches ?!

FEMME

DIS-MOI COMMENT EST CASA !

HOMME

Casa ? Casa, mais c'est... marocain... extrêmement marocain ! Voilà... c'est au Maroc ! C'est tout blanc, très blanc ! Il y a plein de Marocains, plein de tajines, plein de souks, de mosquées, de minarets, de médinas, de djellabas, de fantasias, de... et merde, merde, merde !!! Ça suffit ce cinéma, j'en ai marre, je vais me coucher !

Cette fois-ci, c'est elle qui lui barre le passage quand il veut aller dans la chambre.

FEMME

Ah non ! Tu ne vas pas t'en tirer comme ça ! Tu n'as jamais fichu les pieds à Casa ! Jamais ! Et tu le sais très bien ! Ton séminaire a été annulé deux semaines plutôt.

HOMME

Qui t'a dit cela ?

FEMME

Fukistorm.

HOMME

Skisistorn ?! Le salopard ! Il veut me bousiller ! Il ment ! Il ment ! Je le tuerai ! Tu ne vas pas croire un type qui est prêt à égorger tous ses concurrents pour obtenir Washington !

FEMME

Il ment ? Et ça ? (*Elle saisit son sac à main et en sort une feuille qu'elle déplie et lit.*) Tu as passé un week-end à Deauville, Grand Hôtel, chambre 517, trois jours, trois nuits, petit-déjeuner pour deux personnes servi en chambre, six demi-champagne en service mini-bar, deux dîners et un déjeuner en room service, 1 853 euros. Tu es assez con pour ne pas avoir balancé la facture ! Bravo, l'énarque ! Je l'ai retrouvée tout à l'heure dans l'imperméable que tu m'as demandé de te prendre dans la penderie ! Tu comptais peut-être la faire passer en note de frais ?

HOMME

Je peux tout expliquer.

FEMME

Expliquer ? Expliquer quoi ? Il n'y a rien à expliquer ! Tout est clair ! La facture de l'hôtel est un vrai descriptif ! Vous n'êtes pas sortis de la chambre et vous avez baisé comme des lapins ! Voilà ce qu'il y a à comprendre !

HOMME

Ce n'est pas du tout ce que tu crois !

FEMME

Mais moi je ne crois rien, rien du tout ! Je constate seulement ! Tu es un minable ! Un minable qui ne respecte rien et qui n'a aucune imagination ! Tu emmènes cette morue dans l'hôtel de notre nuit de noces, dans *notre* hôtel, tu l'emmènes dans *notre* chambre, tu couches avec elle dans *notre* lit ! Tu me dégoûtes ! Tu n'es qu'une bête ! Un porc en chaleur ! Un cloporte en rut !

HOMME

Là tu vas trop loin !

FEMME

Remarque, au fond, tu as peut-être raison, profites-en mon salaud, c'est ta dernière montée de sève ! C'est le final ! Bientôt tout ton petit matériel séchera comme un vieux pruneau d'Agen et tu pourras le ranger dans une boîte d'allumettes au rayon des souvenirs ! Tu regarderas toujours les salopes comme ta Desbocq et tu auras beau bouffer du Viagra comme des Smarties, ce que tu trimballes entre tes cuisses restera aussi mou que des nouilles chinoises ! Je rigole ! JE RIGOLE !!!! JE RIGOLE !!!!!!

HOMME

Eh bien rigole, rigole ! Si tu ne veux pas écouter mes explications, si tu condamnes avant d'entendre, rigole ! De toute façon, les jugements hâtifs, les erreurs historiques, les doigts dans l'œil jusqu'au coude, c'est de famille !

FEMME

Qu'est-ce que ma famille vient faire là-dedans ?

HOMME

Ce n'est pas moi qui ai eu un père collabo !

FEMME

Non mais je rêve ! Qu'est-ce que papa a à voir avec ta secrétaire de film porno ?

HOMME

Je dis simplement que je n'ai pas de compte à rendre ni de leçon à recevoir d'une famille dont un des membres a quasiment couché avec les Allemands ! Parce que moi, madame, j'ai le sens de l'honneur, de la patrie, du devoir ! Moi je ne viens pas d'une famille qui a fricoté avec l'Occupant en lui servant avec zèle, et sans jamais essayer de les saboter, des verres de vin blanc et des cafés rhum dans son bistro pendant cinq ans ! Moi je suis fils de résistant ! Et moi je préférerais toujours coucher avec une pute française qu'avec les Allemands ! C'est comme ça ! On ne se refait pas !

FEMME

Ton père, résistant ? C'est la meilleure de l'année ! Il n'a même jamais su résister à ta mère ! Il suffit qu'elle hausse le ton ou fronce les sourcils pour qu'il file sous la table comme toi tout à l'heure quand tu cherchais le briquet de Dupuis ! La carpette attitude, c'est génétique chez vous ! Il a dû faire de l'huile devant les Allemands, ton père ! Voilà la vérité ! Il est comme des millions de Français, il a sorti son brassard FFI le lendemain du jour de l'armistice, et mon père, quant à lui, mon père, de là où il est, dans sa petite tombe en granit parce que celle en marbre était trop chère à tes yeux, et que lorsqu'il ne s'agit pas de toi, ton fric, tu as un mal fou à le lâcher, mon père, il t'emmerde, tu entends, IL T'EMMERDE !!!!

HOMME

Tu disais toi-même que le marbre faisait trop parvenu !

FEMME

Tais-toi ! Ce n'est jamais ta faute ! Tu es accusé, tu deviens l'accusateur ! Tu es parfait pour cela ! C'est la seule chose qu'on vous a enseignée dans ton école ! Ah, je te revois encore il y a quelques années, avec toutes tes crevures de collègues lorsque tu étais au ministère, et que vous veniez de baiser un syndicat de mineurs après leur grève de trois semaines ! Je vois très bien comment tu as pu les mener les négociations et les dégoûter, ces pauvres types, au point qu'ils ont fini par jeter l'éponge ! Vous avez fêté ça au Cristal Roederer, et tous ses gars ont dû rentrer chez eux en expliquant à leurs bonnes femmes qu'ils allaient devoir encore plus se serrer la ceinture et bouffer des patates jusqu'à la fin de leur vie ! Salopard ! Et tu te dis socialiste ?!

HOMME

Mais je suis socialiste ! Profondément socialiste !

FEMME

Très profondément alors ! Et tellement en profondeur que c'en est devenu imperceptible ! C'est pour ça qu'après avoir ciré les pompes de Ségolène, tu serais prêt aujourd'hui à lécher toutes les marches du perron de l'Élysée si le nouveau pensionnaire te le demandait ! Mais regarde ta vie ! Ouvre les yeux ! Il n'y a pas plus bourgeois que toi ! Tu fais couper sur mesure tes costumes rue George-V, coudre tes pompes à Londres, tu skies à Megève, tu gagnes des fortunes, tu emploies au noir des peintres polonais dans ta maison de campagne et à Paris une Thaïlandaise qui n'a même pas de carte de séjour !

HOMME

Tais-toi ! Tu veux que ces connards de Jauffrin t'entendent ?

FEMME

Je m'en fous des Jauffrin ! Et de toute façon, ils sont comme toi les Jauffrin ! Tu crois qu'ils sont en règle avec leur maître d'hôtel mauricien et leur cuisinière rwandaise ? Vous êtes tous pareils dans cet immeuble ! Vous crevez de fric et vous êtes tous de gauche !

HOMME

ET ALORS ?! ET ALORS ?! Tu crois que pour essayer de résoudre la famine en Éthiopie, le meilleur moyen c'est d'arrêter de bouffer ? Oui, j'ai du fric et oui, je suis socialiste ! Qu'est-ce que tu voudrais ? Que j'aille vivre dans le 93 ou dans la banlieue de Roubaix, dans un logement pourri au milieu d'une ZUP de merde où les boîtes à lettres n'existent plus et où les ascenseurs sont défoncés, rouler dans une R19 diesel pourrie qu'on me ferait tôt ou tard cramer durant une nuit de la Saint-Sylvestre, faire mes courses dans les discounters allemands, me nourrir d'aliments pour chien, me faire casser la gueule toutes les semaines par des bandes de blacks ou de beurs qui me traiteraient de Gaulois, tout ça pour être en phase avec mes idéaux ? Tu n'y comprends rien ! La politique, ça te dépasse ! Tu ne sais même pas que le meilleur moyen de faire triompher ses convictions, c'est de s'éloigner de l'arène et de prendre du recul !

FEMME

Alors là, chapeau, du recul tu en as pris pas mal !

HOMME

Oh ça va, hein ! Et puis, de toute façon, le fric, comme tu dis, il me semble que tu en profites aussi !

FEMME

Tu peux te le garder !

HOMME

Bien sûr, bien sûr ! Facile de dire ça, très facile ! Tu craches dans la soupe mais tu la manges tous les jours ! Madame se fait coiffer deux fois par semaine, papouiller les mains et les pieds tous les vendredis, masser le corps les mardis, bronzer les mercredis ! Si on convertissait en bons alimentaires tous les produits de beauté qui encombrent ta salle de bains, on aurait de quoi nourrir tous les sans-abri de l'arrondissement pendant un mois ! Sans compter tes cours de remise en forme à domicile, 150 euros de l'heure, avec ton coach personnel, comment s'appelle-t-il déjà cette espèce de tapette bodybuildée, avec son faux accent californien, Dave ? Ken ? Qui sourit aux anges quand tu fais des abdos. « *Once more !* Madâaaamme, *once more !!!* » Et toi face à lui qui sues comme une bête, à ton âge !

FEMME

Brandon est australien et je ne sue pas en faisant mon stretching !

HOMME

Mais tu dégoulines ma pauvre vieille, on croirait une motte de beurre oubliée en plein soleil !

FEMME

Et cesse de m'appeler « ma pauvre vieille » !

HOMME

Comment veux-tu que je dise ? Tu crois encore que tu as trente ans ? Tu peux toujours mentir sur ta date de naissance et te rajeunir de cinq ans, ça marche avec toutes les ménopausées que tu fréquentes parce qu'elles font toutes comme toi, mais s'il te plaît, hein, quand nous sommes tous les deux ! S'il te plaît !

FEMME

Je ne fais pas mon âge !

HOMME

Peut-être pas mais tu l'as quand même ! Les petits coups de bistouri de ton copain Schoukroun n'ont jamais transformé un extrait de naissance !

FEMME

Laisse Marcel en dehors de ça, tu veux !

HOMME

Ah voilà ! Voilà ! Domaine intouchable ! Le Pr Marcel « Frankenstein » Schoukroun qui fait du neuf avec du vieux a droit au respect infini de toutes ces dames ! Ah, vous pouvez le remercier ! Ah, vous pouvez le bénir, le fumier ! Il vous fait des merveilles avec ses petits doigts boudinés !

FEMME

Marcel a des mains de pianiste !

HOMME

De pianiste de bordel, oui ! Une chevalière à chaque phalange !

FEMME

C'est parce que tu as des mains de paysan que tu es jaloux de lui ?!

HOMME

Des mains de paysan ?!

FEMME

Tu n'as pas le centième de sa délicatesse !

HOMME

Je n'ai surtout pas le centième de son compte en banque ! Il a lifté tout Paris ! Ses patientes ont des lèvres en silicone et lui des burnes en platine ! C'est avec ce parvenu que tu aurais dû te marier ! Vous auriez fait une belle paire !

FEMME

Il me l'a proposé figure-toi !

HOMME

Quoi ?!

FEMME

J'aurais dû accepter !

HOMME

Le salaud ! Quand ? Quand t'a-t-il proposé ça ?

FEMME

L'été dernier !

HOMME

Et moi ?

FEMME

Quoi toi ?

HOMME

Et moi ? Qu'est-ce qu'il faisait de moi, ce charcutier ?

FEMME

Il t'a très vite cerné ! Rustre, égoïste, culturellement déficient... !

HOMME

« Culturellement déficient » ! Moi ? Me faire traiter de « culturellement déficient » par un type qui collectionne les étiquettes de camembert et les moulins à café ! Non mais je rêve ! Je n'ai jamais réussi à avoir une seule conversation approfondie avec cet imbécile ! L'autre jour lorsque je lui parlais du CAC 40, il était persuadé que c'était une espèce rare de canard sauvage !

FEMME

De l'humour !

HOMME

De l'humour ? Lui ! Il rigole quand il se brûle et il a le cerveau d'un hamster. Je ne comprends même pas comment il a réussi à devenir chirurgien ! Je suis sûr qu'il a trafiqué ses diplômes ! Dans le meilleur des cas, cette andouille a dû passer un CAP en bâtiment, comme ravaleur de façade, et encore, je ne suis pas certain qu'il l'ait réussi !

FEMME

Tu ne disais pas ça quand il nous a invités un mois dans sa villa de Bonifacio, et que tu t'y es pavané comme un coq en pâte !

HOMME

J'ai fait ça pour toi, comme de lui arranger son contrôle fiscal, ce qui n'a pas été simple, je me suis mouillé, je risquais ma carrière, et tu le sais très bien !

FEMME

Pour moi ?! Mais tu n'as jamais rien fait pour moi !

HOMME

Tu préférais quoi ? Poireauter un an et demi sur sa liste d'attente ? Te rider comme une vieille pomme oubliée au fond d'une cagette à Rungis ? Je me suis sacrifié un mois pour qu'il te retende comme un ballon dans les meilleurs délais !

FEMME

En jouant avec lui tous les soirs à la pétanque ?! En l'appelant « mon vieux Marcel » ?! En le traitant comme si c'était ton frère ?! Vous étiez inséparables !

HOMME

Oui ! Inséparables ! Oh putain ! Un mois à jouer la comédie ! Un mois à lancer des boules d'acier autour d'un cochonnet entouré de vieillards tous plus abrutis les uns que les autres qui commentaient dans un dialecte d'arriérés chacune des phases de jeu comme si ç'avait été la Troisième Guerre mondiale ! Un mois à bouffer des cacahuètes en buvant du pastis, moi qui ai horreur de l'anis, face à un soleil qui tous les soirs tombait au même endroit dans la même mer ! Un mois à entendre dans des églises sales, perdues dans le maquis, des chants polyphoniques braillés par des bergers terroristes qui hurlaient comme s'ils s'étaient coincés les couilles entre deux briques ! Un mois à me faire traiter de « connard du continent » au moins trois fois par jour dans les commerces lorsque j'avais le malheur de demander si les tomates étaient fraîches ou sur les routes quand je doublais une voiture ! Un mois en enfer ! Un mois !!! Pour toi !!!

FEMME

Parce que tu ne crois pas que je n'en ai pas fait, moi, des sacrifices ? Tu t'es déjà demandé si j'étais heureuse d'aller aider la mère Dupuis dans ses bonnes œuvres, de distribuer de la soupe à des réfugiés albanais, de jouer au rami avec des Pakistanais, de repriser les chaussettes de Botswanais, d'apprendre à lire à des Sri-Lankais, de consoler des Tchétchènes, de langer des marmots kazakhs, de bouffer des pâtisseries ouzbeks à base de lait caillé et de saindoux ? Tu crois que ça me plaît ?!

HOMME

Je me demande ce que nous faisons encore ensemble !

FEMME

Je me le demande aussi, figure-toi ! Mais rassure-toi, ça ne durera plus longtemps ! On divorce très vite aujourd'hui !

HOMME

On ne divorce pas dans ma famille !

FEMME

Mais je me fous de ta famille de culs serrés, de cathos et de mal baisés ! Si j'ai envie de divorcer, je divorcerai ! Ton idole ne se gêne pas pour ça !

HOMME

Mon idole ? Quelle idole ?

FEMME

Ton nouveau dieu, celui de l'Élysée qui se spécialise dans le top model !

HOMME

N'importe quoi !

FEMME

Bien sûr ! Tu crois qu'il n'y a que les hommes qui ont le droit de refaire leur vie ?

HOMME

Toi tu ne referas rien du tout, tu finiras toute seule !

FEMME

Ça, mon bonhomme, tu te mets le doigt dans l'œil jusqu'au coude !

HOMME

À ton âge, il faudra que tu paies !

FEMME

Crois ça, crois ça ! C'est très tendance aujourd'hui les vieilles qui se font des jeunes, et ça tombe bien parce que j'ai envie de chair fraîche ! Thomas a beaucoup de copains qui sont très mignons !

HOMME

Tu te taperais un type qui a l'âge de ton fils ?!

FEMME

Et alors ? Pourquoi pas ?! Ça ne te gêne pas, toi, de coucher avec ta salope de Desbocq qui a l'âge de ta fille !

HOMME

Desbocq a trois ans de plus que Sophie !

FEMME

Pédophile ! Tu me fais honte ! Ma sœur m'a toujours dit que tu avais une tête de vicieux, de saligaud, de vieux dégueulasse !

HOMME

Ta sœur ! Non mais elle s'est regardée avec sa grâce de guichetière SNCF ? Elle ne manque pas d'air ! Après tout ce que j'ai fait pour elle et son mari !

FEMME

Qu'est-ce que tu as fait pour eux ?

HOMME

Tu veux que je te rafraîchisse la mémoire ?

FEMME

Si c'est encore pour me parler du prêt à taux zéro, c'est pas la peine !

HOMME

Oui, parfaitement ! Du prêt à taux zéro ! Un beau-frère qui prête trente briques à taux zéro, ça court les rues peut-être !

FEMME

Tu en reviens toujours à ton fric ! T<small>ON</small> <small>FRIC</small> ! T<small>ON</small> <small>FRIC</small> ! T<small>ON</small> <small>FRIC</small> ! Et puis, de toute façon, ils t'ont remboursé, non ?!

HOMME

Encore heureux ! Mais j'attends toujours les remerciements !

FEMME

Tu aurais voulu quoi ? Qu'ils se prosternent devant toi ? Qu'ils te vénèrent, qu'ils rampent, qu'ils te lèchent les pieds ?

HOMME

Oh, je t'en prie !

FEMME

C'est ça qui t'aurait plu, hein ? Leur faire sentir ton pouvoir ! Les humilier plus encore ? Tu crois que c'était facile pour eux de te demander cela, de le quémander ? Est-ce que tu imagines un seul instant les efforts que cela représente pour parvenir à faire cette demande ? Tu imagines l'humiliation, la souffrance, le malaise, la douleur ?

HOMME

Ils n'avaient pas l'air tellement traumatisés...

FEMME

Ça a dû te faire jouir ça ! Pouvoir prêter trente briques ! Trente briques ! Trente patates ! Mieux qu'une éjaculation !

HOMME

Mais tu es complètement malade !

FEMME

C'est ton second sexe, l'argent ! Ton autre membre ! Ton phallus de papier ! Ta bite estampillée Banque de France !

HOMME

N'importe quoi ! Douze ans de psychanalyse pour en arriver là ! Je supposais que Tubœuf était un branleur, mais je dois être en dessous de la vérité !

FEMME

Tubœuf est un des meilleurs lacaniens de Paris !

HOMME

Comment peux-tu le savoir ?! Il te griffonnait un ou deux mots sur un papier de temps à autre à la fin d'une séance, et il ne t'a jamais adressé la parole sauf au bout de douze ans pour te dire que c'était fini !

FEMME

Tu n'y comprends rien !

HOMME

Un tordu ! Un charlatan ! Non seulement il t'a ponctionné une fortune mais en plus il te mettait à la torture avec ses demandes débiles !

FEMME

Ça faisait partie de la cure !

HOMME

Exiger que tu cuisines toi-même une choucroute garnie et que tu la lui apportes encore fumante, toi qui ne sais même pas cuire un œuf au plat ?!

FEMME

Oui, le patient doit faire des sacrifices et payer de sa personne !

HOMME

Tu ne t'es jamais dit que c'était tout simplement parce qu'il avait envie de bouffer une choucroute à l'œil, ton Sigmund ?

FEMME

Idiot !

HOMME

Et la fois où il a fallu que tu lui tricotes un pull écossais avec son prénom dessus ?

FEMME

Et alors, avec ce pull, j'ai senti combien je progressais ! Je me suis épurée ! Je me suis débarrassée de tout un tas de scories qui me souillaient depuis l'enfance ! J'ai fait sauter des verrous ! J'ai brisé des chaînes ! Surmonté des traumas !

HOMME

Avec un pull ?!

FEMME

Parfaitement ! Avec un pull ! De toute façon, tout cela te dépasse ! Tu n'es qu'un technocrate ! Ta sensibilité intellectuelle est celle d'un robot ménager, une sorte de mixeur de sous-marque coréenne qui peut dans le meilleur des cas recracher une infâme bouillie ! Parler de psychanalyse avec toi, ce serait comme de faire un défilé Christian Dior devant des australopithèques ! En léchant des culs tu as pu aller très haut, mais tu n'es au fond qu'un petit comptable de merde !

HOMME

Je n'ai jamais léché le cul de personne, tu m'entends ! De personne ! Ne me confonds pas avec tous ces larbins comme Skisistorn ! Moi je suis toujours resté digne ! Je n'ai jamais fait de compromis ! J'ai toujours été jugé sur mes qualités ! Ce que je sais par contre, c'est combien ton Tubœuf de merde t'a bousillé la tête ! En douze ans, il a fait de toi quelqu'un que je ne reconnais plus ! Il t'a raboté le cerveau ! Il en a fait de la compote !

FEMME

Je suis devenue moi-même, c'est tout !

HOMME

Toi-même ?! Joli travail ! Tu te vois ? Tu t'entends ? Non mais tu t'entends parfois ?!

FEMME

Quoi ?! Quoi ?! Quoi ?!

HOMME

Mais bordel, tu étales tout ! Tu dis tout ! Même devant des gens que nous ne connaissons pas ! La dernière fois chez l'ambassadeur de Roumanie, tu as parlé pendant dix minutes de ta passion adolescente pour la fellation ! Je ne savais plus où me mettre ! Quand tu t'es tue, des troupeaux d'anges sont passés ! L'ambassadeur te regardait comme s'il voyait un Martien ! Je revois encore ses yeux perdus, sa bouche grande ouverte, et sa fourchette suspendue dans les airs avec le morceau de carré d'agneau fiché dessus qui tremblotait mollement !

FEMME

Il buvait mes paroles !

HOMME

Il buvait tes paroles ! Mais c'est toi qui avais bu ! Et il y a deux semaines, à l'Opéra, durant l'entracte, tu as demandé à la femme du directeur de cabinet de Pailleroux si elle avait déjà eu des expériences lesbiennes ! Une fille De la Vigerie du Pontournet, qui a été élevée dans un couvent suisse, catholique pratiquante, s'habille en bleu marine, a sept enfants, porte des souliers plats et se prénomme Claire-Augustine ! Elle a failli en bouffer son carré Hermès quand tu t'es mise à lui décrire le plaisir que tu avais pris à vingt-deux ans dans un champ de maïs du Cantal avec une certaine Brigitte Bouvier qui était ergothérapeute !

FEMME

Et alors ?! Je suis une femme libérée ! Je n'ai plus aucun tabou ! Je parle de ce que je veux avec qui je veux, quand je veux ! Si tu n'as jamais voulu te faire analyser, c'est ton problème !

HOMME

Pour m'allonger au pied d'un profiteur deux fois par semaine ! Pour lui tricoter des boléros monogrammés ! Lui cuire des cassoulets ! Pour exhiber ma vie intérieure devant lui pendant douze ans en lui versant une rente !

FEMME

Avec ton QI de chimpanzé, six mois auraient suffi ! Il aurait vite fait le tour ! On voit dans ta tête aussi clair que dans de l'eau de source !

HOMME

Madame se croit peut-être supérieure parce qu'elle a suivi pendant trois ans des cours au Collège de France !

FEMME

Ah, ça t'emmerdait bien que je me sois décidée à reprendre mes études !

HOMME

Pour reprendre des études, comme tu dis, il aurait déjà fallu en commencer !

FEMME

Espèce d'enfoiré ! Tu sais très bien que je me suis sacrifiée pour toi ! Il en fallait bien une qui bosse chez Prisunic pendant que tu tentais de décrocher ton fameux concours ! Tu l'as tout de même raté cinq fois, dois-je te le rappeler ?! Et ce n'est pas ta famille qui t'a aidé ! Ils ne t'ont pas donné un seul kopeck !

HOMME

Papa traversait une période difficile ! L'entreprise était en pleine restructuration ! Ils essayaient de passer du boulon à la vis, excuse-moi !

FEMME

C'est pour cela que je me levais tous les jours à 4 heures du matin pour mettre en rayon des boîtes de conserve et des paquets de lessive ! Il fallait bien qu'une conne se dévoue pour payer le loyer et faire bouillir la marmite ! Tu te souviens de ta promesse ?!

HOMME

Quelle promesse ?

FEMME

« Mon amour, tu travailles, je passe mon concours et ensuite c'est moi qui assurerai notre autonomie et ce sera à toi de faire ton cursus ! »

HOMME

Et alors ?! Je ne t'en ai pas empêchée !

FEMME

Tu m'as fait deux mômes, c'est un bel empêchement !

HOMME

De toute façon, je ne te voyais pas faire des études longues !

FEMME

Regardez-moi ce salopard ! Mais qu'est-ce que ça veut dire : « Je ne te voyais pas faire des études longues », qu'est-ce que ça veut dire ?!

HOMME

Ça veut dire ce que ça veut dire ! Notamment que je ne t'ai jamais vue manifester un intérêt appuyé pour un quelconque domaine d'étude que ce soit...

FEMME

Mais c'est incroyable d'entendre des choses pareilles ! Et ma passion pour le design ?!

HOMME

Je parlais de domaines sérieux ! Si tu crois que s'aplatir d'admiration devant un fauteuil qui ressemble à un cactus ou un couteau sans manche constitue une preuve d'intelligence et de vie intellectuelle, alors là, je m'incline ! Je m'incline !

FEMME

Ah, c'est sûr qu'avec la sensibilité qui est la tienne et ton sens esthétique, si je n'avais pas été là, tu serais environné de faux rustiques en chêne massif acheté par correspondance à des artisans bavarois !

HOMME

Mais regarde dans quoi tu me fais vivre, regarde ! Cette chaise, là ! Elle défoncerait le cul d'un sumotori tellement elle est pointue !

FEMME

Elle n'est pas faite pour qu'on s'assoie dessus !

HOMME

Et ce canapé ?! Quand il s'est refermé violemment sur Honnebaux l'autre jour, ça lui a valu dix jours d'ITT et vingt points de suture !

FEMME

Ce n'est pas un canapé, c'est un concept canapé ! Myotakashi l'a imaginé après avoir passé dix ans chez des moines Eno !

HOMME

On devrait l'empaler ton Japonais !

FEMME

Il est en passe d'entrer au MoMA !

HOMME

Mais qu'est-ce que tu veux que ça me foute qu'il soit au MoMA ou exposé à Pétaouchnok ! Moi, ce dont je rêve, c'est d'une maison confortable, naturelle, simple ! Pas d'un lieu inhospitalier où chaque objet se transforme en piège et semble là pour vous tuer ! J'ai failli m'électrocuter trois fois avec les nouvelles appliques de la chambre depuis qu'elles sont posées !

FEMME

Tu n'y comprends rien ! J'ai épousé un beauf ! Les décharges, c'est inhérent au projet ! L'artiste veut qu'on sente l'électricité, pas seulement qu'on en voie le résultat ! Mais qu'on la sente ! Qu'on la sente !!

HOMME

Un fou ! Encore un Japonais je présume !

FEMME

Milanais !

HOMME

C'est pire ! Saloperie de Rital ! J'espère qu'il t'en a fait cadeau au moins ?!

FEMME

Presque !

HOMME

C'est-à-dire ?!

FEMME

Je les ai eues pour une bouchée de pain !

HOMME

Combien ?!

FEMME

6 000 !

HOMME

Francs ?!

FEMME

Euros voyons ! Vis un peu avec ton temps !

HOMME

Mais tu es malade !! 6 000 euros pour deux appliques !

FEMME

Pièce ! 6 000 euros pièce ! Ne sois pas mesquin !

HOMME

Je rêve ! Je rêve !

FEMME

Tu n'as aucun sens artistique ! Tu es une sorte d'animal ! Les organes vitaux fonctionnent, œsophage, cœur, tube digestif, rectum, mais le reste, mon pauvre ami, le supplément d'âme, le génie, la distribution avait été faite, tu es passé trop tard !

HOMME

Quand je vois les tronches de ceux qui ont été abondamment servis, je préfère être comme je suis ! Tous ceux que tu me ramènes chaque mois avec ton club de lecture...

FEMME

De grands écrivains ! Des poètes !

HOMME

Des ivrognes ! Des drogués ! Des clochards !

FEMME

De grands esprits !

HOMME

Qui se précipitent sur la bouffe et les bouteilles comme s'ils sortaient d'une grève de la faim, mais qui me traitent avec une condescendance incroyable comme si j'étais une sous-merde !

FEMME

Tu n'as jamais lu un seul d'entre eux !

HOMME

Mais ils sont illisibles ! Le dernier, là, comment s'appelait-il, ce grand con qui s'empiffrait de cacahuètes et ressemblait un peu à Giscard, il a tout de même écrit son dernier livre en supprimant toutes les consonnes, non, je n'ai pas rêvé ?!

FEMME

Oui ! Une fulgurance géniale ! Quasiment joycienne ! *A an e é ou e* !

HOMME

Tu peux traduire ?!

FEMME

La Danse des poutres ! C'est le titre, crétin !

HOMME

Oui, ben il a dû s'en prendre une belle lui, de poutre, sur la tronche !

FEMME

Un jour il sera dans les dictionnaires !

HOMME

Plutôt dans un asile !

FEMME

Parle ! Parle ! Ce qui t'emmerde, c'est que, pour une fois, tu n'y comprennes rien ! Tu essaies de garder une contenance, un léger sourire, l'air du type passionné et compétent quand nous avons nos discussions ou qu'un artiste déclame, mais la vérité, c'est que tu es complètement largué ! Tu es dans un marécage ! Tu tournes en rond en plein Sahara en te demandant où est le prochain téléphone ! Tu écopes l'océan Pacifique avec une cuillère à café ! Tu n'as plus aucun repère ! Aucun !

HOMME

La vie des bêtes m'a toujours intéressé ! Je vous observe !

FEMME

Bien sûr !

HOMME

Je ne raterais ces soirées pour rien au monde ! Voir la tronche de tes copines et la tienne quand un de vos illuminés mal rasé, fringué comme un employé de l'ANPE et couvert de pellicules se lance dans ses tirades, ça vaut une bonne séance de cinéma !

FEMME

Ne dis pas de gros mots, s'il te plaît ! Tu n'y connais rien en cinéma ! Pour toi, Schwarzenegger est un immense acteur et Jean-Claude Van Damme, un metteur en scène de génie !

HOMME

Tu n'as aucun humour ! Je dis toujours cela au second degré !

FEMME

Le problème avec les gens comme toi quand ils se mettent à parler de second degré, c'est qu'ils n'ont jamais su ce qu'était le premier !

HOMME

Tu crois quoi ?! Que ce que tu vénères vaut mieux ?! S'il n'y avait pas eu trois cons dans une revue obscure et imbitable pour déclarer que, comment s'appelait-il ce film pakistanais où tu m'as traîné, *Gakashtir...* ? *Gakashtor...* ?

FEMME

Gashaktor !

HOMME

Oui, que cette daube majeure était sans doute le monument que le cinéma mondial attendait depuis la mort d'Orson Welles, tu penses vraiment que tu en aurais été convaincue ?

FEMME

Absolument ! C'est un chef-d'œuvre ! Une émotion insoutenable !

HOMME

Comment ça une émotion insoutenable ? On voyait une femme qui ne disait pas un mot, assise dans une cabane occupée à piler du grain ! Un plan fixe qui durait cent treize minutes ! J'ai chronométré ! Cent treize minutes !

FEMME

Tu t'es endormi !

HOMME

Oui, mais quand je me suis réveillé, elle était encore en train de piler du grain ! Rien n'avait changé !

FEMME

Et la chute ?! Tu oublies la chute !

HOMME

Quoi la chute ?! Son mari rentre, il lui demande : « Qu'as-tu fait ? » et elle répond : « J'ai pilé du grain », et pof, le générique de fin se met à défiler !

FEMME

Tout était dit !

HOMME

Ah oui, c'est sûr, tout était dit !

FEMME

L'essence du cinéma !

HOMME

L'essence ?! De l'ordinaire alors, pas du super !

FEMME

Ah, c'est drôle ça, très drôle, je reconnais la finesse de ton humour !

HOMME

Oh, tu peux toujours ricaner, la vérité, c'est que tu ne me mérites pas !

FEMME

Ça c'est certain ! Je devrais avoir une médaille pour t'endurer depuis si longtemps ! Vous distribuez toi et tes amis des charrettes de légions d'honneur chaque année à des lavettes, à des chanteurs *has been*, des animatrices de télévision spécialisées dans le télé-achat, des présentateurs météo, mais vous ne pensez jamais aux femmes qui vous supportent !

HOMME

Comme si je te menais la vie dure !

FEMME

Mais tu me la pourris, la vie ! Depuis quatre mois, tu me rebats les oreilles avec Washington,

ton Couillistrone et ses manœuvres pour avoir le poste !

HOMME

Skisistorn, bordel !

FEMME

J'en entends parler vingt fois par jour ! Et la nuit ! La nuit, monsieur a des angoisses, il manque de s'étouffer, il a des douleurs atroces dans la cage thoracique, des palpitations et une lourdeur dans le bras gauche, des aigreurs d'estomac. Le jour, tu as des démangeaisons, des brûlures, des prurits et des spasmes.

HOMME

J'ai toujours été fragile !

FEMME

Tu deviens aveugle, tu as sans doute un cancer, une tumeur au cerveau, une maladie rare, une leucémie, l'ESB, la grippe aviaire, la fièvre Ebola, le SRAS ! Tu te gaves d'antihistaminiques, d'antispasmodiques, d'antidépresseurs, d'anxyolitiques, de diurétiques, de magnésium, de vitamines C, d'antioxydants, d'anticoagulants !

HOMME

Et alors ?!

FEMME

Depuis le début de l'année tu as fait trois tests d'effort, neuf bilans sanguins, deux coloscopies, cinq analyses de selles, un scanner, une IRM, un fond d'œil, quatre électrocardiogrammes, un bilan complet allergologique ! Tu as été hospitalisé trois jours à ta demande, contre l'avis de ton médecin traitant, dans un service de maladies infectieuses et tropicales où ils n'ont rien trouvé ! Absolument rien ! RIEN !

HOMME

Ils ont mal cherché !

FEMME

Ils t'ont pris pour un vrai taré, oui ! Tu sais comment l'infirmière-chef t'avait surnommé ? « Le Totoche de la 12 » !

HOMME

« Le Totoche de la 12 » ?!

FEMME

Parfaitement ! Elles rigolaient toutes de toi ! Et moi avec elles ! Je leur ai même proposé de te garder un mois complet ! Elles ont refusé ! Des comme ça, on préfère vous les rendre, qu'elles m'ont répondu !

HOMME

« Le Totoche de la 12 » ?!

FEMME

Oui mon gars ! Et tu sais ce qu'elles m'ont souhaité ! Qu'il te tombe dessus un bon Alzheimer ! En six mois je serais tranquille ! Tu commencerais peu à peu à oublier, au début des petits riens, et puis ensuite des pans entiers de ta vie, et puis le visage de tes enfants, ceux de tes collègues, de ton imbécile de Dupuis et de ton connard de Pipistrone...

HOMME

Skisistorn ?! Daniel Skisistorn ! Jamais je ne l'oublierai, ce fumier !

FEMME

... le mien de visage, et le tien aussi, ta tête serait un gros fromage blanc mal égoutté, tu ne saurais même plus ton nom, je te placerais dans une bonne petite maison, on s'occuperait bien de toi, je ne m'embêterais même pas à venir te voir puisque, de toute façon, tu ne me reconnaîtrais même plus ! En deux ans, tout serait réglé ! On te nourrirait à la cuillère, on te mettrait des couches et tu n'arriverais même plus à réciter l'alphabet !

HOMME

Les salopes, elles t'ont dit ça ! Les salopes ! Ah, il est joli l'hôpital français ! Il est beau ! Les salopes ! Non mais les salopes !

FEMME

De braves femmes !

HOMME

Des monstres !

FEMME

La tête sur les épaules !

HOMME

Des tueuses !

FEMME

Pleines de bon sens !

HOMME

Démoniaques !

FEMME

Des épouses, des mères !

HOMME

Des Marie Besnard !

FEMME

Les pieds sur terre !

HOMME

Des Simone Weber !

FEMME

Intelligentes !

HOMME

Des Borgia !

FEMME

Mes semblables ! Des filles qui se tapent toute la journée des chiants de ton espèce et qui, rentrées chez elles, en retrouvent encore un autre, le leur ! Des esclaves ! Des damnées ! Des saintes !

HOMME

Des folles, oui ! Il y en avait une, une grosse avec le teint rouge et les jambes comme des battes de base-ball avec des poils partout, elle voulait à tout prix que je sois atteint de brucellose ! Elle croyait que je passais ma vie au contact des bêtes, que j'étais agriculteur ! Quand j'essayais de lui expliquer que je travaillais à Bercy, elle me demandait si c'était une grande exploitation !

FEMME

Elle n'avait pas tort ! Tu es un exploitant, un grand exploiteur ! Dans vos bureaux, vous prenez les Français pour des vaches et vous essayez de les traire par tous les moyens ! Dis le contraire ! Dis le contraire !

HOMME

On croirait entendre un type de la CGT !

FEMME

Il n'y a pas que des cons à la CGT !

HOMME

Il y en a pas mal tout de même !

FEMME

Continue et j'y adhère dès demain !

HOMME

Tu ne ferais jamais ça !

FEMME

Oh et puis tu me fatigues ! Je ne sais même plus pourquoi je discute avec toi ! Ils auraient mieux fait de t'euthanasier à l'hôpital, j'aurais été tranquille !

HOMME

La veuve joyeuse ! Pleine aux as !

FEMME

Très joyeuse !

HOMME

Qui viendrait jouer la comédie des pleurs sur ma tombe !

FEMME

La comédie ?! Ta tombe ?! Non mais tu rigoles ! Un cercueil en sapin, ni fleurs ni couronnes, une bonne crémation, les cendres à peine tièdes balancées dans le square d'à côté et qui serviraient de litière à tous les clébards puisque tu les aimes tant, et qu'on n'en parle plus !

HOMME

Fais la maligne ! Tu serais une femme brisée !

FEMME

Mais oui, mon grand ! Compte là-dessus et bois de l'eau fraîche ! Ta Desbocq serait peut-être brisée un moment, elle, parce qu'elle se retrouverait le cul à l'air sans plus personne pour la baiser ni l'entretenir, mais pas moi ! Pas moi !

HOMME

Je compte si peu pour toi ?!

FEMME

Si tu comptes ? Tu vois cette plante verte ? Là, dans l'angle ! Tu la vois ?!

HOMME

Je la vois ! Je la vois ! Et alors ?!

FEMME

Eh bien j'ai infiniment plus d'affection et de respect pour elle que je n'en ai jamais eu pour toi !

L'homme paraît soudain totalement désemparé. Il regarde la plante verte, regarde sa femme, regarde de nouveau la plante verte. Il semble complètement perdu, submergé par une soudaine tristesse. Il essaie d'ouvrir la bouche, renonce. Il y a un grand silence. Le premier depuis qu'ils sont entrés en scène.

HOMME

Tu préfères une plante verte à...

FEMME

Elle ne m'a jamais engueulée pendant une heure ! Elle ne me fait pas passer des soirées de merde ! Elle n'intrigue pas pour aller à Washington ! Elle est bien là, elle ! Elle ne veut pas partir ! Elle ne me trompe avec personne ! Elle ne va pas s'envoyer en l'air dans un hôtel de Normandie ! Elle demande juste à être arrosée, de temps en temps, et encore, quand j'oublie, elle ne se plaint jamais ! Elle me fout la paix, elle !

HOMME

Une plante verte...

FEMME

Ah, ça te la coupe ça, hein ?!

HOMME

Je n'aurais jamais cru que...

Il est de plus en plus abattu. Il s'effondre sur un des accoudoirs du canapé.

FEMME

Quoi ! Quoi ?!

HOMME

Que tu aurais préféré une plante verte... Un yucca en plus...

FEMME

Parfaitement ! Un beau, jeune et sympathique yucca, gorgé de sève et de chlorophylle ! Bonne nuit ! Je te laisse notre chambre ! Et ne viens surtout pas m'emmerder !

Elle quitte la pièce et claque la porte. Il reste seul sur scène, désemparé, regarde la porte close derrière laquelle sa femme a disparu, puis de nouveau la plante. Son regard va de l'une à l'autre, plusieurs fois. Puis il finit par quitter très lentement la scène, tout en dénouant son nœud papillon, ouvre la porte de la chambre mais soudain, comme pris d'une rage subite, il claque la porte, fait demi-tour et fonce vers le yucca, saisit le pot qui est assez lourd et, le visage crispé par l'effort, le brandit en l'air en vue de le fracasser contre un mur. Mais à ce moment, on entend la porte de la chambre s'ouvrir. Il repose précipitamment le yucca et reste planté à côté, immobile, se donnant une contenance.

Elle apparaît, un minuscule arrosoir à la main, se dirige vers la plante verte sans même prêter un regard à son mari, verse quelques gouttes d'eau dans le pot, caresse sensuellement une feuille, puis retourne dans sa chambre.

Toute colère semble avoir disparu chez le mari. Ce dernier acte l'a achevé. Il s'affaisse, ses épaules tombent. Il s'approche de la porte de la chambre, y plaque son oreille, écoute, s'apprête à frapper, retient son geste. Il s'éloigne, erre comme une âme en peine sur la scène, revient vers la porte, lève encore la main comme pour frapper. La porte s'ouvre violemment. Il reste la main suspendue.

FEMME

Tu t'apprêtais à quoi ? À la défoncer, c'est ça ?

HOMME

Je... Mais non, pas du tout !

FEMME

Menteur ! Regarde ton poing, serré comme une pierre, une véritable arme de guerre !

HOMME

Je te jure que je ne voulais que...

FEMME

Que quoi ? Je t'ai dit de me ficher la paix !

HOMME

J'avais l'intention de... Enfin... Je voulais... Je voulais... m'excuser.

FEMME

T'excuser ?

HOMME

Oui.

Un temps. L'homme baisse la tête, penaud.

FEMME

Quand tu fais cette tête, on dirait que tu as vingt-cinq ans... Qu'on est au début, au tout début... Qu'est-ce qui te prend à faire des crises comme ça ?

L'homme ne répond pas. Il se contente de secouer la tête dans le vide.

FEMME

Tous les soirs en plus.

HOMME

Pas tous les soirs quand même...

FEMME

Quatre fois cette semaine.

HOMME

Quatre fois ?!... Je ne sais pas, ce doit être l'âge comme tu dis, ou le stress, le CAC 40 qui chute, la crise des *subprimes*, le prix du baril, j'en sais rien. Je suis nul.

FEMME

Tu es nul, tu me fais du mal, tu me traites de vieille peau, mais je t'aime.

HOMME

Moi aussi je t'aime. Je ne pensais pas un mot de ce que je disais.

FEMME

Pas un mot ?

HOMME

Mais non voyons, pas un seul.

FEMME

Embrasse-moi.

Ils s'embrassent, et restent enlacés.

FEMME

Tu veux savoir ce que me disait ton Frigisdorn ?

À ce nom, l'homme fait un bond en arrière.

HOMME

Ah, non, s'il te plaît ! Pas lui !

FEMME

Il me disait...

HOMME

Tais-toi, je t'en supplie !

FEMME

Il me disait qu'il ne tenait qu'à toi d'aller à Washington.

HOMME

Comment ça ?

FEMME

Dupuis lui a dit qu'il te préférait à lui, ton expérience, ton sens des relations.

HOMME

Non ?!

FEMME

Si.

HOMME

Il t'a dit ça ?

FEMME

Oui.

L'homme n'en revient pas. Il s'éloigne un peu de sa femme, tourne en rond, pensif.

HOMME

Washington ! Washington ! Putain ! Washington ! Alors ça y est ?!

FEMME

Oui, ça y est.

HOMME

Ah la vache ! Washington ! Washington ! (*Il commence à danser, sa femme l'observe, mais son excitation retombe assez vite. Il répète encore deux ou trois fois le nom de la ville, mais de plus en plus platement. Puis il se tait. Silence.*) Au fond, qu'est-ce que j'irais foutre à Washington. Hein ? Dis-moi un peu ce qu'on irait foutre à Washington ?

FEMME

...

HOMME

On est si bien ici, tu ne crois pas ? Regarde comme on est heureux ici, tous les deux. Et puis les enfants, tu avais raison, ils ont encore besoin de nous. Qu'ils se trouvent quelqu'un d'autre pour aller chez les Ricains ! Un type bouffé d'ambition, qui serait prêt à tout sacrifier, ça ne manque pas ! Moi je reste ! Je reste. Ma femme et mes enfants avant tout.

FEMME

Viens.

Il s'approche, l'enlace. Il lui parle à l'oreille. Elle rit. L'embrasse. Puis c'est elle qui lui murmure des choses à l'oreille. Il rit. L'embrasse avec tendresse et passion.

HOMME

Allons nous coucher.

FEMME

Je suis morte.

HOMME

Quelle corvée, ces dîners !

FEMME

Je rêve d'une soirée à deux.

HOMME

Oh oui, rien que toi et moi, tranquilles, quel bonheur ce serait !

Ils se serrent de nouveau très fort l'un contre l'autre.

FEMME

Mon amour.

HOMME

Mon amour...

Elle va vers la chambre, ouvre la porte, lui tend la main pour qu'il la suive. Il se dirige vers la porte. Elle disparaît dans la chambre. Il est presque sur le seuil, marque un temps d'arrêt, se retourne vers la salle, dubitatif et rêveur, comme fixant un point intérieur.

HOMME

Putain ! Washington quand même...

FIN

Pour l'éditeur, le principe est d'utiliser des papiers composés de fibres naturelles, renouvelables, recyclables et fabriquées à partir de bois issus de forêts qui adoptent un système d'aménagement durable.
En outre, l'éditeur attend de ses fournisseurs de papier qu'ils s'inscrivent dans une démarche de certification environnementale reconnue.

*Ce volume a été composé
par Nord Compo à Villeneuve-d'Ascq
et achevé d'imprimer en septembre 2008
sur presse Cameron
dans les ateliers de Bussière
à Saint-Amand-Montrond (Cher)
pour le compte des Éditions Stock
31, rue de Fleurus, 75006 Paris*

Imprimé en France

Dépôt légal : octobre 2008
N° d'édition : 01 – N° d'impression : 082955/1
54-02-6125/6